AF603603

Vente après le Décès de M. BOULET

GRAMMAIRIEN

TABLEAUX

CURIOSITÉS

FAIENCES, PORCELAINES

Meubles en bois sculpté et marqueterie, Bronzes

Argenterie, etc.

DONT LA VENTE AURA LIEU

HOTEL DROUOT

SALLE N° 6

Les Lundi 8 et Mardi 9 Décembre 1873

A DEUX HEURES

Par le ministère de Me **BOULLAND**, Commissaire-Priseur,
rue Neuve-des-Petits-Champs, 26,
Assisté de **M. HORSIN DÉON**, Peintre, rue des Moulins, 15.

EXPOSITION PUBLIQUE

Le Dimanche 7 Décembre 1873, à une heure.

PARIS — 1873

V^{es} **RENOU, MAULDE et COCK**

IMPRIMEURS DE LA COMPAGNIE DES COMMISSAIRES-PRISEURS

Rue de Rivoli, 144

Vente après le Décès de M. BOULET

GRAMMAIRIEN

TABLEAUX

CURIOSITÉS

FAIENCES, PORCELAINES

Meubles en bois sculpté et marqueterie, Bronzes

Argenterie, etc.

DONT LA VENTE AURA LIEU

HOTEL DROUOT

SALLE N° 6

Les Lundi 8 et Mardi 9 Décembre 1873

A DEUX HEURES

Par le ministère de **Me BOULLAND**, Commissaire-Priseur,
rue Neuve-des-Petits-Champs, 26,
Assisté de **M. HORSIN DÉON**, Peintre, rue des Moulins, 15.

EXPOSITION PUBLIQUE

Le Dimanche 7 Decembre 1873, à une heure.

PARIS — 1873

ORDRE DES VACATIONS

PREMIÈRE VACATION

Curiosités, Sculpture, Livres, Porcelaines, Faïences, Meubles, Argenterie, etc.

DEUXIÈME VACATION

Tableaux, Aquarelles, Photographies, etc.

CONDITIONS DE LA VENTE

Elle sera faite expressément au comptant.

Les Acquéreurs paieront, en sus des adjudications, CINQ CENTIMES PAR FRANC, applicables aux frais.

DÉSIGNATION

DES

TABLEAUX

ÉCOLE FRANÇAISE

MONOYER (Baptiste)

1 — Vase de fleurs.

BILCOQ (Marie-Antoine)

2 — Trois petits Serins échappés de leur cage voltigent sur le bord d'une fenêtre.

BOUCHER (François)

3 — Buste de bergère (Étude).

BOUCHER (École de)

4 — Apollon et Amphitrite (Grande esquisse).

CHARPENTIER

5 — Portrait de jeune femme avec mains.

Elle est vue à mi-corps, vêtue du costume de Fanchon : son bras droit est appuyé sur la boîte où repose sa marmotte.

COLOMBEL (Nicolas)

6 — Les quatre Saisons.

Agréable composition d'une couleur claire et brillante.

DELAROCHE

7 — La Veuve inconsolable.

DIAZ (Genre de), signé d'un nom illisible

8 — Deux jeunes Femmes dans un paysage.

Un Amour lui offre des fleurs.

DOYEN

9 — Petite Fille endormie sur un lit de repos.

GREUZE (Genre de)

10 — La Tricoteuse.

GRIMOUX

11 — Tête de jeune garçon.

Jolie étude des plus intéressantes.

KUWASSEK (Signé)

12 — Marine : Tempête avec bâtiment naufragé.

MEISSONNIER (D'après)

13 — Le Joueur de mandoline.

POLLY (Signé), 1834

14 — Sur une route de la Bourgogne, une nombreuse société de vendangeurs accompagne joyeusement, violon et tambour en tête, leur abondante récolte.

RAOUX (JEAN)

15 — Un petit Garçon, assis devant une table, soulève le couvercle d'une tasse de bouillon, dont il s'apprête à goûter le contenu un peu trop chaud.

ROEHN (ALPHONSE)

16 — Saint Louis rapportant la couronne d'épines de la Terre sainte (Esquisse).

RONMY (FRÉDÉRIC-GUILLAUME)

17 — Cour de ferme avec personnages et animaux.

18 — Abords d'une fabrique de construction pittoresque.

SANTERRE (JEAN-BAPTISRE)

19 — Une jeune femme blonde, dont le corsage bleu est orné d'une fleur de grenadier, soulève de la main droite une portière, et, de la gauche, semble donner un tendre signal.

WALLAYER-COSTER (Mme)

20 — Une Cuisinière.

Elle est jeune, blonde et gentille, jupon rouge, tablier blanc, fichu en désordre, jambe fine. Elle est debout, près d'une table, apprêtant une anguille. Sur cette même table sont déposés un poulet plumé, un chaudron et des légumes. Des casseroles et autres ustensiles de cuisine sont suspendus le long des murailles.

Ce joli tableau, l'un des meilleurs du maître, est signé en toutes lettres.

WATTEAU (Antoine)

21 — Pèlerin courtisant une jeune dame.

Étude sur papier, pour son tableau de l'embarquement de Cythère.

INCONNUS

22 — Fruits, Canards, Perdrix et Corbeille de fleurs dans un paysage.

23 — Le Déjeuner du chat.

24 — Vase de fleurs (Peinture sur porcelaine).

25 — Vase de fleurs (Peinture sur porcelaine).

ÉCOLE ANGLAISE

IHLE (Signé J.-C.), 1785

26 — Portrait de femme.

Vue en buste et coiffée d'un chapeau à larges bords, elle tient à la main une canne richement ciselée.

ÉCOLES ALLEMANDE, FLAMANDE ET HOLLANDAISE

AS (Pierre Van)

27 — Paysage boisé, avec canal, chaumière et église.

BREUGHEL (Signé A. *fecit Roma*)

28 — Un Lièvre, une Bécasse, des Perdrix, un Canard, un Ramier, un Bouvreuil et autres Oiseaux, sont groupés à terre ou accrochés à un arbre.

29 — Un Fusil, un Couteau de chasse, une Tête de sanglier, un Canard, un Geai et autres, sont groupés sur un tertre au pied d'un arbre.

BREUGHEL (Pierre)

30 — La Fête des rois.

Composition importante remplie d'animation.

BRUGGEN (J. Van)

31 — Guirlande de Fleurs et Perroquet.

CRAESBEKE (Joseph Van)

32 — Sujet bachique.

33 — Tête d'homme.

DEBOIS (Corneille)

34 — Paysage boisé, avec rivière et figures de pêcheurs.

Très-joli spécimen du maître.

DIETRICK (Christian-Wilhem)

35 — Dans un parc, trois jeunes filles cherchent, par un chant animé, à distraire un guerrier vêtu de son armure et nonchalamment assis près d'une table couverte d'un riche tapis.

DUSART (Corneille)

36 — Le Liseur de gazette.

Très-bon spécimen du maître.

HELMBREKER (Théodore)

37 — Autour d'une table, sur laquelle figure la bouteille d'Orvietto, une partie de cartes est engagée entre deux jeunes garçons. Deux autres personnages debout près d'eux suivent avec intérêt les péripéties de la partie.

HEEM (David de)

38 — Trois Pêches, une Noix, sur un plat d'argent, un Verre de vin, sont déposés sur une table couverte d'un tapis de velours bleu.

JORDAENS (Jacques)

39 — Marsyas puni par Apollon.

Une couleur puissante et brillante distingue ces bonnes figures.

40 — Jeune Garçon tenant sur le doigt un perroquet et, dans son autre main, une cerise.

KONING (Philippe de)

41 — Un Buveur assis sur un tonneau renversé; près de lui, sur un escabeau, sa pipe et un verre de bière.

LAMBRECHT

42 — Un Savetier, tout en raccommodant un vieux soulier, siffle sa linote; près de lui, son chien qui sollicite ses caresses; une vieille femme et une jeune fille qui l'écoutent.

LINDZEN (Jean)

43 — Un Mouton et deux Agneaux dans une prairie.

MENGS (Antoine-Raphael)

44 — Portrait d'un jeune prince espagnol.

MIERIS (École de)

45 — La Partie gagnée.

MILLÉ (Francisque)

46 — Paysage montagneux et boisé, avec cascade, ancienne ville romaine et gracieuses figures sur le premier plan.

MILLÉ (École de Francisque)

47 — Paysage, avec ruines de monuments de l'ancienne Rome, animé de personnages et d'animaux, dans le goût de Berchem.

NOORT (L. Van)

48 — Portrait de dame avec mains.

OMMEGANCK (Attribué à)

49 — Moutons dans une prairie, gardés par un berger.

PALAMÈDE (Stevens)

50 — Des Dames et des Seigneurs sont réunis pour faire de la musique; dans l'intermède d'une partie, une servante leur distribue du vin du Rhin.

PORBUS (Pierre)

51 — Portrait de femme avec mains; riche costume.

STOFFE (Signé N.)

52 — Près d'une cheminée, assis sur des bancs de bois, trois Flamands fument et jouent aux cartes.

STOOP (Thierry)

53 — Un jeune Paysan veut faire entrer son cheval rétif dans une rivière qui occupe le premier plan; dans le fond, deux cavaliers et un voyageur.

SWANEVELT (Herman)

54 — Paysage avec horizon lointain, falaises, bouquet d'arbres et réunion de personnages groupés autour de danseurs.

TENIERS (Abraham)

55 — Dans l'intérieur d'un cabaret, trois paysans fument; dans le fond, une femme près de la cheminée.

TENIERS (École de)

56 — Un Savetier.

UTRECHT (Adrien Van)

57 — Des Perroquets, des Oies, un Héron, une Chouette dans un paysage.

WEENIX (Jean-Baptiste)

58 — Portrait de l'artiste, vu à mi-corps, dans l'intérieur de son atelier.

WEENIX (Jean-Baptiste)

59 — Pigeon, Perdrix rouge et Instruments de chasse déposés sur une table de marbre. Des oiseaux divers sont accrochés au mur en chapelet.

ECOLE ITALIENNE

BAROCHE (Frédéric)

60 — Saint Dominique, présenté par sainte Madeleine et sainte Catherine, est à genoux et reçoit la bénédiction de l'Enfant Jésus, que la Vierge, assise sur son trône, soutient sur ses genoux.

BONIFAZIO (François)

61 — Portrait en pied d'un jeune seigneur vénitien. Il tient une lettre à la main; un petit chien l'accompagne.

GIROLAMO DE TRÉVISE

62 — *Ecce homo* (Buste avec mains).

MEZZADRI (Antoine)

63 — Oiseaux, Coquillages et Fleurs dans un paysage.

SCHIAVONE (André)

64 — Sainte Catherine, vêtue d'un riche costume, tient une palme dans la main droite et la gauche est posée sur une épée.

VELASQUEZ (Attribué à)

65 — Portrait d'homme (Buste).

ÉCOLE BOLONAISE

66 — Portrait de femme.

DESSINS ET AQUARELLES

67 — **Rieg** (Signé), 1777. Gabrielle-Destrée cherchant à retenir près d'elle Henri IV, entraîné par Sully.

68 — **Rieg** (Signé), 1777. Dernière Scène de la partie de chasse.

Ces médaillons sont entourés de sujets allégoriques, de guirlandes de fleurs et de nombreux accessoires, qui charment et doublent l'intérêt de ces agréables compositions.

Gouaches.

69 — **Bellangé**. Épisode de l'invasion de 1815 (Aquarelle.

70 — **Dubouloz** (Signé). Le Triomphe de l'Amour (Dessin à l'estompe, papier teinté).

71 — **Dubouloz** (Signé). La Licence violentant l'Innocence (Estompe, papier teinté).

72 — **Burete** (Signé). Le Châlet de Trouville (Aquarelle.)

73 — **Orcel**. Études de têtes de religieux (Mine de plomb).

74 — **Solimène**. Mort de la Vierge (Plume et sépia).

PHOTOGRAPHIES

75 — Très-bel Album renfermant les portraits, grand format, des acteurs en costumes qui ont représenté la *Chatte blanche*, ainsi qu'une suite nombreuse d'artistes dans différents rôles.

OUVRAGES DE BIBLIOTHÈQUE

LIVRES DU XVIe SIÈCLE

76 — Virgile (1529), illustré de gravures sur bois.

77 — Horace (1543).

78 — Démosthène en grec (1570).

79 — Xénophon en grec (1596).

80 — Dictionnaire latin (1549).

81 — Hérodote (1716).

SCULPTURE

82 — Plusieurs petits Bas-reliefs en cire : Sujets mythologiques, par Renaud.

83 — Plusieurs Groupes en terre cuite : Animaux, par Fratin.

84 — Divers petits Médaillons en cire : Sujets mythologiques, portraits et autres.

85 — Petits Bas-reliefs en terre cuite, par Renaud.

86 — J.-J. Rousseau et Voltaire, bustes en bronze.

87 — Un Sanglier, sculpture italienne.

88 — Bustes de Th. Corneille et de Racine en terre cuite.

89 — Buste de jeune fille en terre cuite, signé Lemaire.

CURIOSITÉS

90 — Grande et belle Pendule de Boule avec socle, console à deux fins, ornée de figures, de mascarons, culs-de-lampe en bronze doré.

91 — Cabinet en laque de Chine, sur un pied en bois tourné.

92 — Un Lustre en bronze, à huit branches, style hollandais.

93 — Deux Vases-Cruchons en grès hollandais.

94 — Deux grandes Potiches chinoises, décorées à la manière des meubles en laque.

95 — Un Mandarin. (Statuette équestre), bronze chinois.

96 — Un Eléphant en jade.

97 — Buire et Gobelet en verre de Venise du XVIe siècle.

97 *bis* — Grande et très-belle Montre à sonnerie en argent ciselé à jours et gravé, à double-boîte en peau de chagrin (époque Louis XIV), signée Barberet.

PORCELAINES DE LA CHINE ET DU JAPON

98 — Deux Potiches montées en bronze, décorées de fleurs et de papillons, en porcelaine du Japon.

99 — Deux grands Bols en porcelaine du Japon; décors hollandais.

100 — Quatre autres, plus petits, même style.

101 — Une Théière et un Pot au lait en Japon.

102 — Deux Boîtes à thé en Japon.

103 — Un Plat à barbe en Japon.

104 — Un grand Plat en porcelaine du Japon; décor bleu.

105 — Une Garniture de cinq pièces en Japon.

106 — Une Coupe en porcelaine de Chine, décorée d'arabesques et de figures; monture en bronze.

FAIENCES DE DELFT

107 — Une petite paire de Pantoufles.
108 — Deux Plats à côtes; décor bleu.
109 — Six Plats décorés en couleurs.
110 — Quatre Plaques : Paysages.
111 — Une douzaine de Plats divers.

PORCELAINES ALLEMANDE ET AUTRES

112 — Une belle Soupière décorée de fleurs en relief et de médaillons.
113 — Un Plat, médaillons fleurs.
114 — Quatre Assiettes, médaillons fleurs.
115 — Un Vase ovoïde, à deux anses (fabrique de Lunéville).

MEUBLES

116 — Un Canapé, quatre Chaises, deux Tabourets, deux grands Fauteuils, un Bureau en chêne sculpté.
117 — Fauteuil de bureau en acajou.
118 — Bibliothèque, style gothique.

119 — Petit Meuble, à hauteur d'appui, en marqueterie genre de Boule.

120 — Grand et beau Meuble à quatre panneaux et deux tiroirs en chêne sculpté, avec incrustations d'ébène.

121 — Un Lustre moderne en bronze.

122 — Pendule de voyage.

---

123 — Sous ce numéro, les objets non catalogués.

Vves Renou, Maulde et Cock, imprs de la Compagnie des Commissaires-Priseurs, rue de Rivoli, 144. 37958

www.ingramcontent.com/pod-product-compliance
Ingram Content Group UK Ltd.
Pitfield, Milton Keynes, MK11 3LW, UK
UKHW021043260726
13994UKWH00005B/2329